W9-CFB-499

The Stranger and the Red Rooster
El forastero y el gallo rojo

By / Por Victor Villaseñor
Illustrations by / Ilustraciones de José Jara
Spanish translation by / Traducción al español de Gabriela Baeza Ventura

Piñata Books
Arte Público Press
Houston, Texas

Publication of *The Stranger and the Red Rooster* is funded in part by grants from the City of Houston through the Cultural Arts Council of Houston / Harris County and the Clayton Fund. We are grateful for their support.

La publicación de *El forastero y el gallo rojo* ha sido subvencionada en parte por la ciudad de Houston por medio del Concilio de Artes Culturales de Houston / Condado de Harris y el Fondo Clayton. Les agradecemos su apoyo.

Piñata Books are full of surprises!
¡Los Piñata Books están llenos de sorpresas!

Piñata Books
An Imprint of Arte Público Press
University of Houston
452 Cullen Performance Hall
Houston, Texas 77204-2004

Cover design by / Diseño de la portada por Giovanni Mora

Villaseñor, Victor.
The Stranger and the Red Rooster / by Victor Villaseñor; illustrations by José Jara; Spanish translation by Gabriela Baeza Ventura = El forastero y el gallo rojo / por Victor Villaseñor; ilustraciones de José Jara; traducción al español de Gabriela Baeza Ventura.
p. cm.
Summary: When a tall, thin stranger with a horribly scarred face comes to Carlsbad, California, everyone is afraid of him until he and his big red rooster make them laugh.
ISBN-10: 1-55885-420-7 (alk. paper)
ISBN-13: 978-1-55885-420-8 (alk. paper)
1. Strangers—Fiction. 2. Roosters—Fiction. 3. Mexican Americans—Fiction. 4. California—Fiction. 5. Spanish language materials—Bilingual.] I. Title: El forastero y el gallo rojo. II. Jara, José, ill. III. Ventura, Gabriela Baeza. IV. Title.
PZ73.V576 2005
[E]—dc22 2004044641
CIP

∞ The paper used in this publication meets the requirements of the American National Standard for Permanence of Paper for Printed Library Materials Z39.48-1984.

Printed in Hong Kong

6 7 8 9 0 1 2 3 4 5 0 9 8 7 6 5 4 3 2 1

To my father and my mother and to the people of the barrio in Carlsbad, California.

–VV

For Massimo and Eva, my gifts from God, and for Colleen for bringing
these blessings into my life. For Luis and Soledad Jara and
all the brothers Jara (and families) for sharing the meaning of family.
Thanks to Victor Villaseñor for letting me be part of his vision.

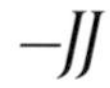

–JJ

Para mi papá, mi mamá y para la gente del barrio de Carlsbad, California.

–VV

Para Massimo y Eva, mis regalos de Dios, y para Colleen por traer
estas bendiciones a mi vida. Para Luis y Soledad Jara y para
todos los hermanos Jara y familias por compartir el significado de familia.
Gracias a Victor Villaseñor por permitirme ser parte de su visión.

–JJ

Late one afternoon, a tall, thin man came walking down the main street of Carlos Malo, meaning Carlsbad, in North San Diego County, California. He was a stranger. Nobody had ever seen him before. He wore a beat up, old, straw hat and had a huge, long scar running down the right side of his face. The scar made him look as old and beat up as his hat.

Una tarde, un hombre alto y delgado apareció caminando por la calle principal de Carlos Malo, es decir Carlsbad, en el norte de San Diego, California. Era un forastero. Nadie lo había visto antes. Llevaba un sombrero de paja, viejo y maltratado, y tenía una cicatriz grande y larga marcada en la parte derecha de su cara. La cicatriz lo hacía ver tan viejo y maltratado como su sombrero.

All the kids stopped playing and stared at him as he walked down the main street. Even the dogs stopped barking.

Hearing the sudden silence, several of our mothers came to their front doors to see what was going on. There was never silence in the barrio. No, our barrio was always full of sounds of laughter and shouting and kids playing.

Todos los niños dejaron de jugar y fijaron la vista en él mientras caminaba por la calle principal. Hasta los perros dejaron de ladrar.

Al sentir el repentino silencio, algunas de nuestras mamás salieron a las puertas del frente para ver lo que pasaba. Nunca había silencio en el barrio. No, nuestro barrio siempre estaba lleno de risas, gritos y el ruido de niños jugando.

The stranger tipped his hat and smiled at us. He was trying to be friendly, but his lopsided smile only twisted the huge, deep scar into an ugly, red mess. Quickly, our mothers called us inside. They did not want us looking at the awful-looking man. They were afraid that he would give us nightmares when we slept that night.

El forastero nos saludó con su sombrero y nos sonrió. Estaba tratando de ser amigable, pero su torcida sonrisa convirtió la cicatriz grande y honda en una horrible masa roja. Nuestras mamás nos llamaron de inmediato para que entráramos. No querían que miráramos al espantoso hombre. Temían que nos diera pesadillas cuando durmiéramos por la noche.

From the safety of our homes, we watched the tall, thin man walk past our houses and into the pool hall at the end of the block. He was probably looking for work. Dad owned the pool hall, and I wondered if he would give the stranger work.

Twice that week, we saw the stranger walk down the main street. Each time, we ran and hid behind our fences or inside our homes. He was a terrible sight to see. I was glad that my dad had not given him work.

Desde la seguridad de nuestros hogares, vimos al hombre alto y delgado pasar por nuestras casas y entrar al salón de billar al final de la cuadra. Probablemente buscaba trabajo. Papá era dueño del salón, y me pregunté si le daría trabajo al forastero.

Vimos al hombre caminar por la calle principal dos veces esa semana. Cada vez, corrimos y nos escondimos detrás de las cercas o dentro de nuestras casas. Era espantoso. Yo estaba contento de que Papá no le hubiera dado trabajo.

A few days later, on a bright Sunday morning, as everyone in the barrio was coming out of church wearing their Sunday's best, we saw the stranger again. This time, he had a big, red rooster in his arms.

Unos días después, una soleada mañana de domingo, cuando todos en el barrio salían de la iglesia vestidos con su ropa de domingo, vimos al forastero nuevamente. Esta vez, llevaba a un gallo grande y rojo en sus brazos.

Stopping in the middle of the street in front of the church, the stranger put his big, red rooster down on the ground and began to stroke its head gently. The rooster had a yellow ribbon tied around its neck. None of us had ever seen a rooster with a ribbon tied about its neck.

El forastero se detuvo en medio de la calle enfrente de la iglesia. Bajó al enorme gallo rojo al suelo y suavemente le acarició la cabeza. El gallo tenía un listón amarillo alrededor del cuello. Ninguno de nosotros había visto jamás a un gallo con un listón en el cuello.

Suddenly, the big rooster spotted a big, fat bug across the way. He jerked loose from the stranger. The rooster quickly started racing across the street to get the big, fat, juicy bug. The man was almost yanked off his feet as he tried to hold on to the end of the yellow ribbon.

De repente, el enorme gallo descubrió a un insecto grande y gordo al otro lado de la calle. Tiró del listón y se soltó del forastero. Rápido, el gallo empezó a cruzar la calle para atrapar al insecto grande, gordo y jugoso. El hombre casi se cayó con el impulso del tirón mientras trataba de sostener el listón amarillo.

Oh, it was a sight to see!

That rooster was running, dodging, and chasing the big, fat, juicy bug while the man held on to the yellow ribbon like a cowboy who had lassoed a wild bull. The stranger was being yanked about all over the place.

¡Ay, era todo un espectáculo!

El gallo corría, esquivando y persiguiendo al insecto grande, gordo y jugoso mientras que el hombre sostenía el listón amarillo como un vaquero que ha lazado a un toro salvaje. Al forastero lo tironeaba para todos lados.

Everyone started laughing. We had never seen anything like this!

The rooster was so powerful that he was now dragging the stranger down the street! That had to be the strongest rooster that had ever lived! There was nothing that the poor man could do to stop the rooster.

Todos empezaron a reír. ¡Nunca habíamos visto nada semejante!

¡El gallo era tan poderoso que ahora arrastraba al forastero por la calle! ¡Tenía que ser el gallo más fuerte que jamás había existido! No había nada que el pobre hombre pudiera hacer para detener al gallo.

Finally, the tall man reached up and pushed back the wide brim of his hat. He dug his heels into the ground and pulled the rooster to a stop. The man had barely caught his breath, when the rooster spotted another big, fat, juicy bug, and he was off again!

Finalmente, el hombre alto extendió la mano y empujó el ala ancha de su sombrero. Enterró los talones en el suelo y detuvo al gallo de un jalón. El hombre apenas había recobrado la respiración cuando el gallo vio otro insecto grande, gordo y jugoso. ¡Salió corriendo de nuevo!

Once more, the man held on to the yellow ribbon as best he could, but there was nothing he could do to stop the mighty red rooster.

The poor stranger could take no more. He tied the yellow ribbon around a tree. Falling back against the tree, he took off his hat, wiped the sweat off his forehead, and began fanning himself with his hat.

Una vez más, el hombre sostuvo el listón amarillo tan fuerte como pudo, pero no había nada que pudiera hacer para detener al poderoso gallo rojo.

El pobre forastero no pudo más y ató el listón amarillo alrededor de un árbol. Se recargó en el árbol y se quitó el sombrero. Se limpió el sudor de la frente y empezó a abanicarse con el sombrero.

Everybody was laughing: the Acuñas, the Álvarezes, the Gonzálezes, the Gómezes, the Sánchezes, the Smiths, the Bakers and the two Kelly families, and even the priest, who had come out to see the commotion.

Our laughter was so strong and so loud that even the church began to echo with happy sounds. You could see it in the windows: the church was having a grand laugh, too.

Todos se estaban riendo: los Acuña, los Álvarez, los González, los Sánchez, los Smith, los Baker, las dos familias Kelly, y hasta el sacerdote, que había salido a ver el alboroto.

Nuestras carcajadas eran tan fuertes y sonoras que hasta la iglesia empezó a hacer eco de nuestra felicidad. Se podía ver en las ventanas: la iglesia también se reía fuertemente.

The children were the first to run across the street and ask the man if they could pet the mighty red rooster. Then came our parents and introduced themselves to the stranger. They asked where he was from and if he had family in the area.

They found out that his name was Rudy Salazar. He had recently come from Mexico and he had no family or friends in Carlsbad. Not one, but two, kind families invited him and his red rooster to their homes for dinner.

Los niños fueron los primeros en cruzar la calle y pedirle permiso al hombre para acariciar al poderoso gallo rojo. Después llegaron nuestros papás y se presentaron. Le preguntaron de dónde era y si tenía familia en el área.

Descubrieron que se llamaba Rudy Salazar. Recién había llegado de México y no tenía ni familia ni amigos en Carlsbad. No una, sino dos familias generosas lo invitaron a él y a su gallo rojo a cenar en sus casas.

Within a week, everyone in the barrio became friends with Rudy Salazar. We came to know that he had gotten the scar across his face as a young boy, when he was kicked by the cow he was milking.

Within two weeks, no one in the barrio noticed the horrible scar across Rudy's face. No, it had disappeared. Now, all that we could see were his happy, dancing eyes, his lopsided, grand smile, and his super red rooster—our best pet ever!

En una semana, todos en el barrio se hicieron amigos de Rudy Salazar. Nos enteramos que la cicatriz en su cara la obtuvo de niño cuando lo pateó una vaca a la que trataba de ordeñar.

En dos semanas, nadie en el barrio notaba la horrible cicatriz que atravesaba la cara de Rudy. No, había desaparecido. ¡Ahora lo único que podíamos ver eran sus alegres ojos bailarines, su gran sonrisa torcida y su súper gallo rojo —nuestra mejor mascota!

Victor Villaseñor says that his father told this story so often that Victor began to think he had really been playing in the street on the day that Rudy came to town. Victor's father would say every time, "the secret to life is laughter: loud, hearty laughter from the gut. Only laughter can help us see past the awful twists and turns of life, and see that things are seldom what they appear to be. The man with the big, ugly scar had learned this secret, and so this was why he had put on that show with the red rooster, to get us to laugh. If he had not, he might have died of loneliness considering how we treated him when he first arrived. We saw him with the eyes in our heads and not with the eyes in our hearts. For seeing with the eyes of our heart is when we finally see all the goodness of God's love everyday, in everything and everywhere." Victor is the author of *Mother Fox and Mr. Coyote* (Piñata Books, 2004), *The Frog and His Friends Save Humanity* (Piñata Books, 2005), and *Little Crow to the Rescue* (Piñata Books, 2005).

Victor Villaseñor dice que su papá contaba tanto esta historia que Victor empezó a creer que había estado jugando en la calle cuando Rudy llegó al barrio. El papá de Victor siempre decía que "el secreto de la vida es la risa: esa risa fuerte que sale del corazón del estómago. Sólo la risa nos puede ayudar a sobrellevar los revoltijos espantosos de la vida, y a ver que las cosas rara vez son como aparentan ser. El hombre con la cicatriz grande y fea había aprendido este secreto y por eso nos hizo una exhibición con el gallo rojo, para hacernos reír. Si no lo hubiera hecho, se podría haber muerto de soledad considerando cómo lo tratamos cuando recién llegó. Lo vimos con los ojos de nuestra cabeza y no con los de nuestros corazones. Porque al ver con los ojos de nuestro corazón es cuando finalmente vemos la bondad del amor de Dios todos los días, en todo y por todos lados". Victor es autor de *Mamá Zorra y Don Coyote* (Piñata Books, 2004), *La rana y sus amigos salvan a la humanidad* (Piñata Books, 2005) y *El Cuervito al rescate* (Piñata Books, 2005).

José Jara teaches composition and English literature at MiraCosta College in Oceanside, CA. In addition to teaching, José illustrates, paints furniture, and creates T-shirt designs celebrating Latino and indigenous cultures. When he's not pursuing his art projects or teaching, he's chasing his two children Massimo and Eva around the house. *The Stranger and the Red Rooster* is the first children's book that José illustrates for Piñata Books.

José Jara dicta cursos de composición y literatura en inglés en MiraCosta College en Oceanside, CA. Aparte de enseñar, José ilustra, pinta muebles y hace diseños para playeras que celebran las culturas latina e indígena. Cuando no está ocupado en proyectos de arte o enseñando, José persigue a sus hijos Massimo y Eva en su casa. *El forastero y el gallo rojo* es el primer libro que José ilustra para Piñata Books.